Vorwort

Es gibt so viele Menschen, die direkt oder indirekt einen Anteil daran haben, dass dieses Buch entstanden ist.

Es sind da einmal die – wie sagt man – „üblichen Verdächtigen".
Meine Eltern und deren Partner, meine Schwester, mein Mann, meine beiden tollen Nichten, meine geliebten Tanten, Gerti, meine Cousine, meine Freundin Ricky und „unsere" gemeinsame ganze Family (ihr wisst schon wer gemeint ist) und einige hab ich hier absichtlich nicht genannt, was deren Wichtigkeit keinen Abbruch tut.

Und besonders liebe Grüße gehen auch von hier nach Berlin und Köln – viele der Märchen sind einst für euch entstanden ;-)

Aber außer den bereits genannten Personen, haben mich auch viele Klienten in meiner Arbeit, eine Menge Kinder und Jugendlicher in meiner Umgebung und einige

„Reality" Sendungen im Fernsehen motiviert Märchen zu finden, die mit dem Leben zu tun haben.

Und einen besonderen Anteil an diesem Buch hat Sabrina Wiepcke. Denn sie hat den Märchen erst ein Gesicht gegeben, sie hat nämlich die aussagekräftigen Zeichnungen in diesem Buch gemacht. – Danke Sabrina

Herstellung und Verlag:
Books on Demand GmbH, Norderstedt
ISBN: 978-3-8423-2828-0

Inhalt:

Das Würfelchen   87
oder: Finde deinen eigenen Weg

Tinchen, das Bärenmädchen
oder
Geheimnisse, die „Bauchweh" machen

Es war einmal, vor gar nicht allzu langer Zeit, ein junges Bärenmädchen, das von allen Tieren nur „Tinchen" genannt wurde.

Tinchen wohnte in einer kleinen, unscheinbaren Hütte, mitten im Wald. Lange schon ist die Hütte viel zu klein und viel zu eng für Tinchen. Aber ans Übersiedeln traut sich das Bärenmädchen gar nicht erst zu denken.

Am Tag ging es höchstens einmal kurz ans Ende ihres Gartens, um Gemüse, Äpfel und Nüsse zu holen und dann ganz schnell wieder zu ihrer Hütte zurück.

Am Abend setzte sie sich ängstlich in ihr Bettchen, rollte sich zusammen und versuchte zu schlafen. Die Nacht mochte Tinchen gar nicht. Da kamen keine Freunde. Da konnte man nichts sehen. Da musste sie immer denken. Und denken, das mochte Tinchen erst recht gar nicht.

Das Bärenmädchen war sehr beliebt bei den anderen Waldbewohnern. Immer wenn jemand traurig war, kam er zu ihr, denn sie fand immer ein tröstendes Wort. Es war immer recht gut gelaunt und wusste immer Rat, wenn mal ein Waldbewohner nicht weiter wusste.

Von weit her kamen die Tiere, die von Tinchen gehört hatten, um sich ihren Kummer von der Seele zu reden. Manchmal brachten sie Tinchen auch Geschenke mit. Und Tinchen dankte immer sehr höflich dafür und legte das meiste davon in eine Kammer.

Eines Tages bemerkten die kleinen Eichhörnchen, die sich wieder einmal von Tinchen einen Rat geholt hatten, dass sie die wunderbar, saftigen Beeren, die sie ihr gebracht hatten, einfach in die Kammer legte.

Neugierig, wie Eichhörnchen nun mal sind, wollten sie wissen, was Tinchen noch in der Kammer hatte und schlichen sich heimlich hinein.

Dort lagen viele verschiedene Beerensorten. Manche schon vertrocknet, manche noch ganz frisch. Einige Töpfe mit Honig standen auch fein säuberlich nebeneinander auf einem Regal.

Und Pfefferoni konnten sie sehen. Viele scharfe, rote Pfefferoni.

Verwundert schlichen sich die Eichhörnchen wieder aus der Kammer und liefen weg. „Aber Bären essen doch keine Pfefferoni.", sagte eines von ihnen. „Die mögen doch Beeren und Honig." „Warum mag Tinchen das denn nicht?" fragte ein anderes. „Und was macht sie denn mit den vielen Pfefferoni?" rätselten sie.

Einige Tage später sahen sie, dass wieder jemand Tinchen einen Honigtopf brachte und wieder brachte Tinchen den Topf zu den anderen Honigtöpfen ins Regal.

So geschah es auch in den nächsten Tagen. Immer wenn Tinchen Honig oder Beeren von seinen Besuchern bekam, bedankte sie sich höflich, nahm das Geschenk und trug es in die Kammer.

Nur Gemüse, Obst und Nüsse trug es in die Hütte. Nur Gemüse, Obst und Nüsse kamen nicht in die Kammer.

Manchmal sahen die Eichhörnchen, dass auch ein sehr alter Bär das Bärenmädchen besuchen kam. Dieser Bär sah sehr nett aus. Immer wenn die Eichhörnchen da waren, spielte er mit ihnen, erzählte nette

Geschichten und gab ihnen Nüsse zu essen. Auch die anderen Tiere des Waldes mochten den alten Bären sehr.

Niemand bemerkte, dass Tinchen immer sehr still wurde, wenn der alte Bär kam. Aber sie spielte mit, wenn der alte Bär mit den Eichhörnchen spielte. Und sie hörte zu, wenn der alte Bär Geschichten erzählte. Und sie aß mit, wenn der alte Bär die Nüsse verteilte.

Und wenn die anderen Tiere nach Hause gingen und der alte Bär meinte, dass er noch ein bisschen bleiben konnte, beneideten die anderen Waldbewohner Tinchen, weil sie Schutz von einem so großen und mächtigen alten Bären hatte.

Aber Tinchen wurde dann immer noch ruhiger, ein wenig müde wirkte sie dann und dass sie eigentlich vor Angst zitterte konnte keiner mehr sehen.

Dann, als alle Tiere weg waren, meinte der alte Bär zu Tinchen. „Ich hoffe, dass du unser Geheimnis für dich behalten hast. Du weißt was passiert, wenn du es jemandem sagst."

Nein, Tinchen wusste nicht wirklich was dann passieren würde. Tinchen wusste nicht einmal, warum das ein Geheimnis sein soll. Tinchen wusste nur, dass es die scharfen

Pfefferoni nicht essen wollte. Sie wusste nur, dass sie ihr nicht schmecken und dass sie noch viele Stunden lang denken musste, weil sie immer, wenn sie Pfefferoni gegessen hatte, einfach gar nicht einschlafen konnte.

Und Tinchen wusste, dass der alte Bär sehr weise war. Alle Tiere des Waldes sagten das.

Daher musste er ja Recht haben, wenn er sagte, dass es sehr gesund sei, immer wieder einen Pfefferoni zu essen. Es musste auch einen Grund haben, dass der alte Bär extra den langen Weg zu ihr machte, um dafür zu sorgen, dass sie gesund bleibt. Es müsste ja stimmen, dass sie etwas Besonderes ist.

Und daher müsste es auch stimmen, wenn er behauptete, dass dies aber ein Geheimnis bleiben müsse, weil nur besondere Bärenmädchen von ihm in die Geheimnisse eines gesunden Lebens eingeweiht würden. Und sie dachte, dass es bestimmt stimmen würde, dass wenn sie dieses Geheimnis jemandem sagen würde, die Tiere des Waldes bestimmt nicht mehr zu Besuchen kommen würden und die Waldtiere, die es besonders mochte, ganz schrecklich krank würden.

Und dann habe sie Schuld daran, ja auch das sagte der alte Bär.

Also behielt sie das Geheimnis für sich und sagte niemandem etwas davon.

Auch, dass der alte Bär behauptet hatte, dass Honig und Beeren nur etwas für besonders folgsame Bärenkinder sind und sie die Pfefferoni aber immer irgendwie falsch isst, darf sie den anderen nicht sagen.

Irgendwie wusste Tinchen nicht, wie man die Pfefferoni richtig isst. Irgendwie wusste sie nur, dass sie keine Beeren verdient hatte. Irgendwie wusste sie, dass der Honig nicht für sie sein konnte. Daher brachte sie den Honig immer in die Kammer.

Und auch an diesem Tag saß sie wieder zitternd vor ihrer Hütte und wartete darauf, ob der alte Bär kam. Es war nun schon vier Wochen her, seit er das letzte Mal da war. So lange war er noch nie weg.

Die anderen Tiere fragten auch schon nach ihm. „Wann kommt denn der alte Bär wieder zum Spielen?" fragten die Eichkätzchen. „Glaubst du, dass er wieder neue Geschichten weiß?"

Doch Tinchen wusste keine Antwort.

Nie wieder kam der alte Bär zu ihr und jeden Abend zitterte sich Tinchen in den Schlaf – „aber morgen, morgen kommt er bestimmt", dachte sie dann.

Eines Tages kam eine alte Eule zu Tinchen und sah, wie traurig die Augen des Bärenmädchens waren. Langsam und vorsichtig setzte sie sich zu ihr und erzählte ihr eine Geschichte über ein kleines Bärenmädchen, das von einem alten Bären belogen worden ist.

Die alte Eule erklärte Tinchen, dass Pfefferoni nicht zu den gesunden Dingen gehören, die kleine Bärenkinder essen sollten, sondern höchstens etwas für erwachsene Tiere ist, die gerne scharfe Sachen mögen. Sie sagte sogar, dass Honig und Beeren das sind, was Bärenmädchen zum Wachsen brauchen.

Das konnte Tinchen gar nicht verstehen. Das wollte Tinchen gar nicht glauben.

Doch dann sagte die alte Eule auch noch: „Tinchen, ich weiß, dass der alte Bär von dir ein Versprechen wollte. Ich weiß, dass er gesagt hat, dass du euer Geheimnis niemals preisgeben darfst. Aber glaube mir, ich kenne das Geheimnis und bin nicht krank geworden, also kann das, was er behauptet hat nicht stimmen."

Kaum aber hatte die alte Eule das gesagt, flog sie auch schon wieder davon. Lange noch dachte Tinchen über die Worte der alten Eule nach. „Ob sie wohl recht hatte?", fragte sie sich. „Ob es wirklich sein kann, dass der alte Bär sie so an der Nase herum geführt hatte?"

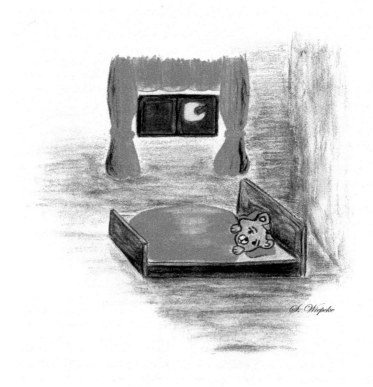

Und vor lauter nachdenken schlief Tinchen dann ein. Das erste Mal zitterte sie sich nicht in den Schlaf. Das erste Mal dachte sie nicht an die furchtbaren Pfefferoni. Das erste Mal getraute sie sich, von Honig und frischen Beeren zu träumen.

Am nächsten Tag, als sie aufwachte, schien die Sonne. Tinchen dachte wieder an die alte Eule und was sie sagte. Irgendwie wollte sie ihr glauben, aber irgendwie konnte sie das nicht. Was würde denn geschehen, wenn der alte Bär dann eines Tages wieder kommt? Wenn das alles zwar stimmt, was die alte Eule gesagt hat, aber nicht für Tinchen? Sie ist doch etwas Besonderes und darum muss sie das Geheimnis bewahren. Das hat doch der alte Bär gesagt.

Und doch merkte sie, dass sie nun, wenn jemand ihr einen Topf Honig brachte und sie ihn in die Kammer stellte, immer wieder einmal ein wenig davon naschte. Nur ganz wenig. Nur die Tropfen, die außen am Honigtopf klebten. Auch wenn sie Beeren in die Kammer brachte verirrte sich mal eine in ihren Mund. Und immer wenn sich dann das schlechte Gewissen meldete und meinte „Wenn jetzt eines der Waldtiere ganz krank wird, bist du schuld!", dann ging sie traurig wieder aus der Kammer.

Viele Wochen ging das so und immer größer wurde in Tinchen der Wunsch auch einmal vor der Hütte zu sitzen, den warmen Sonnenstrahl zu spüren und ganz in Ruhe einen ganzen Topf mit Honig aufzuessen. Doch die Angst, sie könnte etwas Verbotenes tun, war größer.

Eines Tages kamen einige Waldbewohner zu ihr und waren sehr aufgeregt. „Der alte Bär kann nie wieder kommen" erzählten sie. „Er hat viele Bärenmädchen belogen und ihnen Pfefferoni zu essen gegeben. Aber die alte Eule hat ihnen geholfen. Jetzt traut er sich nicht mehr aus seinem Bau heraus und das ist gut so." erklärten sie ihr.

Verwundert und ein wenig ängstlich schaute sich Tinchen um. Da waren die Eichhörnchen, die traurig und mit einem großen Honigtopf in den Pfoten vor ihr standen. Sie waren kerngesund – obwohl sie das Geheimnis kannten!

Auch die anderen Waldtiere waren da. Alle mochten sie noch – keiner war krank.

„Sollte die alte Eule doch recht gehabt haben, als sie sagte, dass Geheimnisse, die Bauchweh machen und ängstigen keine guten Geheimnisse sind und dass es daher nicht stimmen kann, dass man sie für sich behalten muss?"

Von diesem Tag an sah man Tinchen viel öfter auch mit lachenden Augen. Manchmal fasste sie den Mut, Beeren zu essen und vom köstlichen Honig zu naschen. Pfefferoni aß sie nie mehr.

Aber die Geschichte vom Bärenmädchen, die ihr die alte Eule erzählt hatte, die behielt sie nicht für sich, die erzählte sie von nun an allen kleinen Bärenkindern, bei denen sie merkte, dass sie ein Geheimnis hatten, das Bauchweh macht.

Das traurige Wölkchen und seine Regentröpfchen
oder
Selbständig werden „lassen"

Es war einmal, an einem wunderschönen Tag, ein kleines Wölkchen, das sich langsam und behutsam am Himmel treiben ließ. Es schwebte über Täler und Berge, über Seen und Wälder, über Meere und Inseln. Das ganze Wölkchen…..

Wenn man ganz genau hinschaute, sah man, dass dieses Wölkchen aus lauter kleinen Tröpfchen bestand. Da gab es größere Tröpfchen, die lustig in der Wolke herumtanzten. Da gab es ganz große Tropfen, die sich behäbig von einer Seite zur anderen drehten und dabei immer bedacht waren, nur nicht zu weit von ihrem Platz wegzukommen.

Aber da gab es auch ganz viele ganz kleine Tröpfchen, die lustig spielten. Manche spielten Fangen mit anderen kleinen Tröpfchen oder sogar mit kleinen Mücken, die sich manchmal in die Wolke getrauten. Andere wiederum ärgerten ein bisschen die größeren Tropfen, indem sie sich versteckten und immer wieder hinter deren Rücken einigen „Unsinn" anstellten und den größeren Tropfen so manchen Streich spielten.

Ja, es war wirklich recht lustig in der Wolke und eigentlich fühlten sie sich ja ganz geborgen darin. Eigentlich......

Manchmal war gar kein so schöner Tag. Manchmal kündigte sich ein Gewitter an und die kleine Wolke hatte ganz schön zu tun, um alle Regentropfen zu schützen und selbst auch nicht in den Sog des Gewitters zu kommen.

Irgendwann war dann die kleine Wolke sehr müde. Immer muss ich mich um alles kümmern, dachte sie. Immer muss ich darauf achten, dass nicht wieder ein Blitz und ein Donner uns alle auseinander treibt. Immer ich....

Als sie da so vor sich hindachte und vor lauter Kummer laut schluchzte, war es auch schon geschehen. Sie donnerte mit voller Wucht und Lautstärke gegen eine andere Wolke, die gerade die gleichen Gedanken hatte.

Alle Regentröpfchen in den beiden Wolken purzelten durcheinander und manche konnten sich gar nicht mehr an ihrem Platz halten. Einige Große fielen aus der Wolke und purzelten auf die Erde hinunter und andere wiederum hielten sich aneinander ganz fest und bildeten so eine neue kleine Wolke.

Traurig flogen nun viele kleine Wölkchen über den Himmel. Traurig suchten viele kleine Tröpfchen am Gras, auf den Bäumen, in den Seen und Meeren nach ihren Spielkameraden und kleinen Gefährten. Sie waren so traurig, dass sie lange nicht bemerkten, dass die Sonne wieder schien und es langsam wärmer wurde.

In dieser Zeit meinte die Wolke: „Wenn ich meine kleinen Regentröpfchen nicht mehr alle bei mir haben kann, dann brauche ich doch auch nicht mehr aufpassen" und sie merkte gar nicht, dass es noch viele Tröpfchen in ihr gab, die sie brauchten. Und die Tröpfchen auf der Erde meinten: „Wenn wir nicht mehr in unser Wölkchen können, dann wollen wir gar nirgends mehr hin, nicht mehr scherzen, nie mehr spielen und gar nicht mehr lachen."

Und als die Wolke so traurig vor sich hinflog und ihre Gedanken sich um die verlorenen Tröpfchen drehten und darum, wie sie die anderen Tröpfchen auch noch fallen lassen konnte, um endlich nicht mehr aufpassen zu müssen, begann sie langsam mit der Sonne zu reden.

Sie sagte der Sonne, dass sie ja auch immer wieder ihre Sonnenstrahlen wegschicken müsste und fragte sie, warum sie eigentlich nicht traurig darüber wäre. Und da meinte die Sonne: „Warum soll ich traurig sein? Manchmal lasse ich meine Strahlen los, weil sie gerne auf der Erde spielen.

Ich bleibe hier, weil sie dann wissen, wo sie zu Hause sind und gerne kommen, weil sie wissen, dass ich immer zur gleichen Zeit hier bin. Auf der Erde werden meine Sonnenstrahlen dann zu Wärme und helfen mit, die Regentröpfchen wieder zu ihren Wölkchen zu bringen."

„Das kann mich doch nicht traurig machen", fuhr die Sonne fort, „Da fühle ich mich dann so stark, dass viele Sonnenstrahlen immer wieder zu mir zurückkommen, um wieder neue Abenteuer zu versuchen. Schau mal, meine Strahlen bringen auch dir deine Regentröpfchen wieder. Eines nach dem anderen."

Als die kleine Wolke dann mal genau ihr Spiegelbild im See, über den sie gerade flog, betrachtete, sah sie, dass sie wieder genau so prächtig war, wie vor dem Gewitter. Sie bemerkte, dass alle Regentröpfchen wieder da waren und sie waren genau so vergnügt wie zuvor. Übermütig und quirlig erzählten sie von der spannenden Reise, die sie gemacht hatten. Von den Abenteuern, die sie bestanden hatten und von der Sicherheit, die sie plötzlich verspürten, als die Sonnenstrahlen ihnen zeigten, dass sie jederzeit wieder zurückkommen konnten. Aber sie berichteten auch von den Bedenken die sie hatten, dass das Wölkchen sich ganz auflösen könnte.

Da wusste das Wölkchen plötzlich, dass es die vielen Regentropfen ganz fest lieb hat. Es wusste, dass sie alle nur zusammen ein prächtiges Wölkchen ergeben. Und es versprach, immer für die Tröpfchen ein Zuhause bieten zu wollen.

Und ganz laut sagte das Wölkchen zu den Regentröpfchen:
„Auch wenn ihr mich nicht sehen könnt, und ich euch einmal aus den Augen verliere - ich bin da und wenn wir den Weg wieder zusammenzukommen nicht alleine schaffen, dann fragen wir einfach die Sonnenstrahlen um Unterstützung."

Und plötzlich wussten sie alle - sie gehörten zusammen! Jedes Tröpfchen allein ist ein Tröpfchen in der weiten Welt - wunderschön, bunt und glänzend - gemeinsam aber, sind sie ein freundliches, lustiges und starkes Wölkchen, das gut aufeinander aufzupassen gelernt hat und wo alle wissen, dass sie zusammengehören.

Ziel das kleine Kätzchen
oder
Du läufst noch, aber dein „Ziel" ist schon weg

Es war einmal ein kleines Kätzchen, das von allen die es kannten einfach Ziel genannt wurde. Die Kinder in der Umgebung mussten es immer wieder suchen, weil sich Ziel so gut verstecken konnte. Ziel war Weltmeister darin, sich zu verstecken. Kaum sah man das kleine Kätzchen und dachte es wäre jetzt zum Greifen nahe, schon hatte man es auch schon wieder aus den Augen verloren.

Die alten Leute im Dorf hörte man oft sagen: „Wer weiß schon, ob man je Ziel erreichen könnte, denn kaum ist es zu sehen, ist es auch schon wieder weg. Es scheint für jemanden wie uns einfach unerreichbar zu sein." Und die Jungen sahen das gar nicht ein. Es musste doch irgendjemanden geben, der es locken, einfangen und zähmen konnte.

Doch Ziel dachte nicht daran, sich fangen zu lassen und es dachte schon gar nicht daran, sich zähmen oder gar einsperren zu lassen. Das Kätzchen schnurrte vor sich hin, achtete immer aufmerksam, ob ihm jemand zu nahe kam und schlich in letzter Sekunde leise und unbemerkt davon.

Immer wieder kamen junge Menschen, die meinten, dass man doch Ziel nur immer verfolgen müsse und sich nie beirren lassen dürfe und dann würde man es sicher irgendwann einmal erreichen. Und sie versuchten alles, um das zu erreichen.

Einmal hätte es ein junger Bursch fast geschafft. Er sah Ziel, wie es sich gemütlich vor einem Kamin räkelte und sich sichtlich wohl fühlte, die Wärme des Ofens auf dem seidig glänzenden Fell zu spüren. Der Bursch schlich sich leise an und kurz bevor er Ziel erreichte flüsterte er ihm ins Ohr: „Kleines Kätzchen, bleib in meiner Nähe, ich will doch alles für dich tun, du bist doch mein Ziel. Komm doch her, kleines Kätzchen." Fast hätte Ziel den Burschen übersehen, denn so süß klang seine Stimme und so liebevoll klangen seine Versprechungen. Doch Ziel traute dem Ganzen nicht über den Weg. Es schnurrte noch einmal kurz, tat als würde es sich strecken und räkeln, stand langsam auf und lief schnell davon, um sich wieder einmal zu verstecken.

Der junge Bursch hatte aber das Kätzchen zuvor schon einige Tage lang beobachtet und bemerkt, dass Ziel jeden Tag, am frühen

Nachmittag, vor dem selben Kamin lag und sich wärmte. Und so beschloss er einfach am nächsten Tag auf Ziel zu warten. Wenn er nur lang genug wartete, würde er Ziel sicher einmal erreichen können.

Viele Tage lang lag er auf der Lauer und wartete auf Ziel. Doch Ziel wusste, dass es nicht zu dem Burschen passte. Es wusste, dass es nicht sein richtiges Ziel ist. Es dachte daran, dass vielleicht sein kleines Schwesterchen das richtige Kätzchen für den Burschen sein könnte, aber nicht es selbst. Also schaute Ziel immer wieder vorsichtig in die Stube in der der Kamin stand und wenn es dann den wartenden Burschen sah, miaute es einmal kurz aber laut und lief ganz schnell davon. Doch der Bursch gab nicht auf. Jeden Tag wartete er darauf ob er Ziel endlich erreichen konnte.

Sogar als die junge Magd des Hofes, in dessen Stube sich der Kamin befand, kam und ihm zu Essen und zu Trinken brachte, hatte der Bursch nur wenig Zeit für sie. Er musste doch Ziel fangen. Er dachte doch an Nichts anderes mehr. Ein wenig verliebte er sich in das wunderschöne Mädchen und das

Bauerntöchterlein liebte den Burschen aus ganzem Herzen, doch er musste sich doch darauf konzentrieren, wann Ziel wieder einmal auftauchte und er musste Ziel doch fangen.

Ja, es war, wie er Anfangs schon gesagt hatte. Er tat alles, um einmal das Kätzchen zu haben. Er verzichtete dabei auf viel, sogar auf die Liebe. Doch das interessierte Ziel gar nicht. Es versteckte sich immer wieder oder führte diejenigen, die es so zielstrebig verfolgen wollten einfach an der Nase herum.

Ein anderer Wanderbursch kam ebenfalls in das Dorf, in dem Ziel lebte und fragte gleich nach ihm. Er war nur gekommen, um Ziel zu verfolgen. Er wollte es haben, um sich dann gleich auf den Weg zum nächsten Kätzchen zu machen. Viele Kätzchen hatte dieser Wanderbursch schon so gefangen und immer hatte er geglaubt, dass er dann, wenn er dieses eine Kätzchen auch noch haben würde, glücklich und zufrieden sein wird. Und immer erfuhr er bald von einem weiteren Kätzchen, das es irgendwo zu finden gab. Und so verfolgte er dieses Kätzchen dann auch so lange bis er es fangen konnte. Und jetzt wollte er Ziel fangen.

Und wieder meinte der Wanderbursch, dass Ziel nun das letzte Kätzchen sein würde, das er noch braucht. Plötzlich sah er Ziel hinter der Ofenbank in der Kirche sitzen. Das Kätzchen putzte gerade sein seidiges Fell und war ganz damit beschäftigt. Langsam und leise schlich sich der Bursche heran und im gleichen Moment, in dem er zugreifen wollte, machte Ziel einen Satz zur Seite, drehte sich um und lief davon. Der Wanderbursch wusste, dass er dem Kätzchen so schnell wie möglich folgen musste, um es zu erreichen und lief hurtig hinterher. Er lief so schnell ihn seine Beine tragen konnten und bald schon hatte er Probleme noch genug Luft zu bekommen. Als Ziel das merkte, wurde es auch langsamer. Es machte dem Kätzchen einen riesigen Spaß, wenn die Menschen, die es fangen wollen meinen, es würde nicht mehr laufen können, sich dann freuen und näher kamen und es dann doch schnell und wendig entkam.

Doch dieses Mal war es für das Kätzchen nicht ganz so einfach. Der Wanderbursch wollte gar nicht aufhören das Kätzchen zu verfolgen. Immer wenn Ziel meinte, nun zu entkommen und endlich in Ruhe zu seinem gemütlichen Platz im Stroh in der Scheune zurücklaufen zu können, lief der Bursch immer noch hinter ihm her. Im Kopf des Burschen ertönte immer nur ein Satz, den er einmal gehört hatte. „Wenn du lange genug dein Ziel verfolgst, dann wirst du es auch erreichen und du darfst nie aufgeben." Und genau dieser Satz machte es Ziel ziemlich schwer davon zu kommen. Doch es wusste, dass es auch bei diesem Wanderburschen nicht richtig war, dass es nicht sein Ziel sein kann. Es dachte sogar daran, ob es nicht sein großer Bruder sein könnte, der viel besser zu diesem Wanderburschen passen könnte. Und Ziel hatte recht, denn Happy, Ziels großer Bruder wäre genau der Kater, den der Wanderbursch noch gebraucht hätte um glücklich und zufrieden zu sein, dann müsste er nicht mehr weiter fangen, dann wäre die Hasterei endlich vorbei. Doch er konzentrierte sich nur auf den Weg, den er vor einigen Minuten eingeschlagen hatte. Er musste sein Ziel erreichen und verfolgen und durfte niemals davon abweichen.

Als Ziel das bemerkte lief es immer in eine Richtung. Einfach immer um die Kirche herum. Manchmal blieb das Kätzchen stehen, um sich zu vergewissern, dass der Wanderbursch noch hinter ihm herlief und dann lief es weiter. So lief der Bursch immer um die Kirche herum und bald schon konnte Ziel beruhigt in die Scheune laufen und es sich im Stroh gemütlich machen. Denn der Bursch meinte noch sehr lange, dass er Ziel hinterherläuft, dabei lief er nur noch allein immer einem Ziel nach, das gar nicht mehr da war.

Löffel, das kleine Häschen
oder
Wenn du dabei Spaß hast ist das keine „wirkliche" Arbeit

Es war einmal ein kleines Häschen, das von allen die es kannten Löffel genannt wurde. Seine Ohren, die beim Hasen ja Löffel heißen, reckte es immer in die Richtung, aus der etwas zu hören war. Es hörte immer aufmerksam zu, wenn jemand etwas sagte und wenn das Häschen einmal nachdenken wollte, dann strich es mit seinen Pfoten immer wieder über die Löffel. Genau deshalb nannten es alle Waldtiere einfach Löffel.

Löffel war noch ein sehr junges Häschen und durfte mit seinen Geschwistern und all seinen Freunden im Wald herumtollen und spielen. Es machte sehr viel Spaß, mit den Geschwistern fangen zu spielen und es war toll mit den Rehen um die Wette zu laufen oder einfach Unsinn zu treiben. Löffels Eltern mussten sich dann mit den anderen Eltern abwechseln, um auf die Bande aufzupassen. Wenn sie gerade nicht mit dem Aufpassen dran waren, mussten sie sich darum kümmern, dass genug zu essen zu Hause war, dass es im Bau warm genug war oder dass sich jemand um die noch kleineren Häschen kümmert.

Am schönsten fand es Löffel aber bei der alten Eule, die manchmal kam und die dann immer so spannende Geschichten erzählte. Löffel hörte immer genau zu und dann sah man das Häschen auch oft im Wald unter einem Baum sitzen und nachdenken. Er saß einfach nur ganz ruhig da und strich sich zuerst mit der linken Pfote über das linke Ohr, ganz langsam und vorsichtig, und dann mit der rechten Pfote über das rechte. Dann wieder linkes Ohr und rechtes Ohr und linkes Ohr und………. Und wenn das Häschen dann fertig war mit Denken, stand es auf und lief ganz schnell zu seinen Freunden, um zu spielen. Nie erfuhr jemand, was Löffel da dachte. Wenn man Löffel fragte, worüber er da nachgedacht hatte, meinte er nur: "Keine Ahnung, meine Gedanken haben sich nur geschlichtet."

Eines Tages jedoch beschlossen Löffels Eltern, dass das Häschen nun langsam alt genug sei und nun nicht mehr einfach den ganzen Tag spielen könne. Löffel sollte sich nun endlich überlegen, welchen weiteren Weg er einschlagen möchte. Er könnte ja selbst eine Familie gründen und auf eigene Kinder aufpassen. Er könnte aber auch den Unterricht für die Waldtiere übernehmen oder den Warndienst für die Waldbewohner. Es gab ja so viele Arbeiten für die Löffel nun alt genug war. Aber sich zu entscheiden, was man am Besten tun sollte, war schwer, das wussten auch Löffels Eltern. Und genau darum sagten sie an diesem Abend zu dem Häschen: „Du hast jetzt eine ganze Mondphase Zeit dir zu überlegen, was du in Zukunft machen willst. In dieser Zeit hast du bei uns noch dein Zuhause und dein Essen. Nach dieser Zeit wirst du dann deinen eigenen Weg gehen. Du darfst uns dann immer besuchen, wenn du willst, aber du bist jetzt erwachsen und wirst dein eigenes Leben führen."

Diese Worte erschreckten das kleine Häschen sehr, obwohl es genau wusste, dass die Eltern Recht hatten und dass es an der Zeit war sich für einen Beruf oder eine Aufgabe zu entscheiden.

In den nächsten Tagen sah man Löffel nur mehr unter einem Baum sitzen und mit den Pfoten über die Ohren streichen. Mit der linken Pfote über das linke Ohr, mit der rechten Pfote über das rechte Ohr und dann wieder linkes Ohr und rechtes Ohr und linkes Ohr…….. und immer so weiter. Wenn die kleinen Rehkitze spielen wollten und ihn fragten, wie lange seine Gedanken noch zum Schlichten brauchen, konnte er gar keine

Antwort geben. So sehr war er in seine Gedanken vertieft.

„Eine eigene Familie mag ich noch nicht", dachte Löffel, „weil ich noch nicht so gut für das Essen und die Behausung sorgen kann, da bin ich noch zu jung." Und während er das dachte strich er ganz langsam über sein linkes Ohr.

„Aber mit Waldtierkindern spielen und auf sie aufpassen würde ich schon gerne, das macht Spaß", dachte er weiter und strich sich dabei über das rechte Ohr.

„Den Unterricht für Waldtiere mag ich nicht übernehmen, weil es langweilig ist, den jungen Waldtieren immer etwas erklären zu müssen, was die gar nicht wirklich wissen wollen", dachte Löffel, während er sich mit der linken Pfote über das linke Ohr strich.

„Aber es gibt doch gar nicht so viel was ich machen könnte", dachte er verzweifelt weiter und seine rechte Pfote suchte schon sein rechtes Ohr, um es zu streichen.

Viele Stunden verbrachte Löffel nun schon mit Nachdenken und Ohren streichen und noch immer kam er zu keinem Ergebnis.

Vier Tage saß er nun schon so da und dachte
nach und immer wieder fiel ihm ein, dass er
gerne mit den Waldtierkindern spielt, dass
ihm aber kein Beruf einfallen mag, den er
gerne ergreifen mag. Er wusste ja, dass man
einer Arbeit nachgehen musste, um Leben zu
können und dass eine Arbeit eben Arbeit ist
und nicht Spiel, aber er wollte gar nicht
einsehen, dass er eine Arbeit suchen sollte,
die er so gar nicht mag.

Dann fiel ihm ein, dass er ja einmal andere
erwachsene Waldtiere fragen konnte, wie sie

ihre Entscheidung getroffen haben. Und gleich lief er zuerst zu einem großen Hirsch, um ihn zu fragen. Die Aufgabe des Hirsches war darauf zu achten, dass seiner Herde keine Gefahr drohte. Wenn er einen Jäger witterte oder hörte, musste er seiner Herde sofort ein Zeichen geben, damit alle ganz schnell flüchten konnten.

„Entschuldigung lieber Herr Hirsch", sagte Löffel zu dem Hirsch, „was hat dich dazu gebracht, diesen Beruf zu ergreifen? Und macht der dir Spaß?" Der Hirsch schaute sich schnell noch einmal um und als er sah, dass im Moment keine Gefahr drohte, lachte er laut und sprach: „Spaß macht das ganz bestimmt nicht, es ist anstrengend und schwer, ein Beruf eben. Wenn das Spaß machen würde, dann wäre es mein Hobby und nicht mein Beruf. Spaß haben kann ich in meiner Freizeit. Und meinen Beruf habe ich gewählt, weil schon mein Vater auf die Herde aufgepasst hat und ich seinen Platz einfach eingenommen habe. Da gab es nichts nachzudenken. Aber jetzt geh' wieder, ich muss arbeiten und habe keine Zeit."

Schnell lief der kleine Hase weiter und traf auf dem Weg eine ganze Kolonie Ameisen. Gleichmäßig und in geordneter Formation gingen sie zielstrebig ihren Weg. Die Ameisen hatten ganz viele Aufgaben. Sie mussten dafür sorgen, dass der Bau immer in Ordnung gehalten wird. Sie mussten darauf achten, dass keine Angreifer in den Bau kamen. Sie mussten genug zu Essen für alle heranschaffen und die Jungen der Ameisenkönigin betreuen und noch viele Dinge mehr. „Die könnte ich ja auch fragen", dachte Löffel, „...es schaut lustig aus, wenn die in solchen großen Gruppen laufen und gemeinsam so riesengroße Blätter tragen." Er lief direkt zu der Ameisengruppe und fragte: "Entschuldigt liebe Ameisen, was hat euch dazu gebracht diesen Beruf zu ergreifen? Und macht der euch Spaß?" Sofort fingen alle Ameisen ganz toll zu lachen an und ließen alles fallen, was sie gerade getragen hatten. Vor lauter Lachen krümmten sie sich und die ganze schöne Formation geriet durcheinander. Als dann der Anführer der Ameisengruppe endlich wieder reden konnte meinte er: „Spaß macht das doch nicht, wenn man immer wieder Reparaturarbeiten machen muss, weil irgend ein Waldbewohner nicht bemerkt, dass er mit seinen riesigen Füßen schon wieder in unseren Bau getrampelt ist. Das ist ziemlich anstrengend und schwer, aber das ist eben unser Beruf und wenn das Spaß machen würde, wäre es doch nicht der Beruf, sondern unser Hobby. Spaß haben können wir in unserer wenigen Freizeit. Aber doch nicht im Beruf. Was denkst du dir denn bei dieser Frage? Den

Beruf haben wir, weil wir einfach dort anfangen wo wer fehlt. Jede von uns ist auf dem Platz, der gerade frei war, als sie erwachsen wurde. Da gab es nichts nachzudenken. Aber jetzt lass' uns einfach weiterarbeiten und geh' weiter. Steige aber nicht wieder auf unseren Bau, sonst haben wir noch mehr Arbeit – also tschüüüüsss."

Und wieder lief Löffel gleich weiter und fragte noch viele Waldtiere was sie dazu gebracht hat, den Beruf zu ergreifen und ob der auch Spaß macht. Und alle haben irgendwie ähnlich reagiert. Alle haben das Häschen erst von ganzem Herzen ausgelacht und gesagt, dass es doch ein Beruf ist den sie ausüben und kein Hobby und es doch deshalb keinen Spaß machen kann, denn sonst wäre es doch ein Hobby und kein Beruf. Spaß haben könne man doch in der Freizeit.

Am Abend kehrte Löffel dann wieder zu seinem Baum zurück und dachte wieder nach. Mit der rechten Pfote strich er über sein rechtes Ohr und mit der linken Pfote ganz langsam über sein linkes Ohr. Er dachte ganz lange darüber nach, was die einzelnen Tiere gesagt hatten und darüber, was er möchte und was nicht. Und immer wieder fiel ihm auf, dass Arbeit keinen Spaß machen kann und man seinem Hobby in der Freizeit nachgehen sollte.

An diesem Abend ging Löffel sehr traurig nach Hause, denn nun musste er zur Kenntnis nehmen, dass er mit den Waldtierkindern nur mehr in seiner Freizeit spielen durfte und es nicht mehr sehr viel Freizeit geben würde. Er wusste jetzt auch, dass er die meiste Zeit des Tages in Zukunft damit verbringen sollte, etwas zu tun, was man Beruf und nicht Hobby nennt und das daher anstrengend und schwer ist und keinen Spaß macht.

Lange sah man Löffel an diesem Abend noch in seinem Bett über die Ohren streichen. Mit der linken Pfote über das linke Ohr und mit der rechten Pfote über das rechte Ohr. In dieser Nacht träumte Löffel einen ganz seltsamen Traum. Er träumte davon, mit den Waldtierkindern zu spielen und auf die Uhr zu sehen, ob am Zifferblatt schon „Freizeit" steht. Aber immer wenn er auf die Uhr sah stand da: „Achtung, Arbeitszeit, kein Spaß!" Schweißgebadet wachte er dann immer auf und war froh, dass alles nur ein Traum war. Und immer wenn Löffel einschlief, träumte er den Traum wieder aufs Neue.

Am nächsten Tag setzte sich das Häschen wieder unter den Baum und dachte und dachte. Rechte Pfote, rechtes Ohr. Linke Pfote linkes Ohr.

Nach einiger Zeit setzte sich plötzlich die große, alte Eule auf den Baum unter dem Löffel saß und nachdachte. Sie sah ihn nachdenken und fragte ihn plötzlich: "Kann ich dich beim Nachdenken unterstützen?" Das junge Häschen erschrak zuerst und antwortete dann traurig, dass es sich nicht vorstellen könnte, dass sie ihm helfen könnte. Es meinte: "Oder kannst du mir sagen, wie man das Wunder vollbringen könnte einen Beruf zu finden, der auch Spaß macht?"

Die Eule fragte das Häschen, was ihm denn Spaß machen könnte und Löffel erzählte mit strahlenden Augen, dass es so gerne mit den Waldtierkindern spielen würde und in dieser Zeit doch auch so gut auf sie aufpassen können würde. Er würde den Beruf dann Waldtierkindergärtner nennen, aber leider ist das kein Beruf, weil es doch Spaß macht und leicht ist und gar nicht schwer und anstrengend.

Da lachte die Eule plötzlich und meinte: „Du hast dann Recht, wenn du glaubst, dass ein Beruf nur dann ein Beruf ist, wenn er langweilig und anstrengend ist. Ich aber glaube, dass es auch sein kann, dass ein Beruf auch dann ein Beruf ist, wenn man etwas tut, das jemandem anderen hilft oder indem das getan wird, was getan werden muss. Also, wenn du Recht hast, dann musst du jemanden suchen, der Waldtierkinder nicht mag und deshalb auf diese Kinder aufpasst und du nimmst am Besten dessen Beruf. Dann habt ihr wieder beide eine Arbeit, die keinen Spaß macht."

Kaum hatte sie dies aber gesagt, flog sie auch schon davon. Einmal strich sich nun Löffel noch mit der rechten Pfote über das rechte Ohr und einmal mit der linken Pfote über das linke Ohr. Dabei lächelte er verträumt. Dann stand es auf und lief ganz schnell zu seinen Freunden, um zu spielen. „Jetzt haben sich meine Gedanken geschlichtet und ich spiele wieder mit euch" rief das Häschen seinen Freunden zu. „Für immer!" fügte es dann noch leise hinzu und laut lachend spielten die Rehkitze mit Löffel fangen.

Alexander der kleine Löwe
oder
Die unbemerkte Veränderung

Es war einmal ein kleines Löwenkind, das gemeinsam mit seinen Geschwistern bei seinen Löweneltern wohnte. Der Löwenvater war ein prächtiger und einflussreicher Löwe, dessen Mähne schon weit zu sehen und dessen Brüllen schon von der Ferne zu hören war. Und die Löwenmutter war eine wunderschöne Löwin mit goldenem Fell.

Mit seinen Geschwistern hatte der kleine Löwe nur wenig im Sinn, denn sie waren schon viel größer als er und schon fast erwachsen. Außerdem war unser kleiner Löwe ein Junge und er wollte ein richtiger Junge sein, ein ganz richtiger – so irgendwie wie sein Papa wollte er werden – nur vielleicht ein bisschen leiser brüllen wollte er, damit er auch ja nicht überbrüllt, wenn wer was zu ihm sagt.

Denn zu sagen hatte auch er viel und zuhören versuchte sein Papa ja auch. Aber manchmal hatte er das Gefühl, als müsse Papa brüllen und genau dann konnte Papa nicht so gut zuhören.

Aber das machte dem kleinen Löwen gar nichts aus, denn er hatte ja die schöne Mama, die konnte zuhören, aber sie ist halt kein Junge und daher konnte man sie auch nicht von der Ferne erkennen.

Also dieser kleine Löwe, der übrigens Alexander gerufen wurde – wie Alexander der Große, der er ja auch einmal werden wollte – alberte oft mit seinem Papa herum. Sie tollten über die Steppe und rauften spielerisch im Sand. Doch immer wenn ein anderer erwachsener Löwe in die Nähe kam, hörte der Papa zu spielen auf, stellte sich in voller Größe hin und brüllte so laut, dass der kleine Alexander ziemlich erschrak. Trotzdem war er gerne mit seinem Papa zusammen. Der Papa hatte keine Angst. Der Papa weinte nicht. Der Papa war immer stark und beschützte die ganze Familie. Und genau darum wollte Alexander nicht, dass der Papa bemerkt, wenn Alexander eigentlich schnurren wollte, wie die Mama. Oder wenn er ängstlich war. Oder wenn er sogar bemerkte, dass er ein Herz hatte.

Doch eines wusste er von seinem Papa nicht. Nämlich, dass der Papa auch manchmal nicht ganz so laut war. Nämlich, dass er manchmal auch schnurrte, wie die Mama. Nämlich, dass der Papa ein ganz großes Herz hatte.

Nämlich, dass der Papa auch manchmal Angst hatte. Doch der Papa brüllte dann immer ganz laut und dann konnte er sein Herz, seine Angst und seine Liebe nicht mehr ganz so laut hören. Aber, dass der Papa manchmal deshalb so laut brüllte, das wusste der kleine Alexander nicht.

Doch der kleine Alexander war ja etwas ganz Besonderes, das sagte ihm auch die Mama immer. Nämlich immer dann, wenn er sich beklagte, dass er der „kleine" Alexander hieß, aber doch soooooo groß war. Viel zu groß für sein Alter, viel zu mächtig. Aber, dass er kein wirklich großer, nämlich erwachsener Löwe war, das konnte man auch sehen. Er hatte nämlich noch gar keine Mähne, nur ein paar lange Härchen, die am Kopf wuchsen, hatte er schon – aber prächtige Mähne war das noch lange keine.

Die anderen Löwenjungen der Steppe nahmen Alexander gar nicht in ihre Gemeinschaft auf. Ein wenig hatten sie Angst davor, dass er auch ein so mächtiger Löwe sein könnte, wie es sein Papa war, weil er so groß und stark aussah. Ein wenig hatten sie Bedenken, dass er auch so laut brüllen könnte und sie daher nicht mehr so wichtig in der Gruppe sein könnten. Ein wenig waren sie auch unsicher, wie die anderen Jungen reagieren würden, wenn sie mit Alexander gesehen würden. Und so war es für sie viel einfacher sich von Alexander fernzuhalten und ihn zu ärgern, als sich die Zeit zu nehmen und ihn kennen zu lernen, um zu sehen, wie nett er sein konnte.

Sie ärgerten ihn damit, dass er viel zu groß sei, aber doch kein richtiger Löwe, denn richtige Löwen hätten doch eine richtige mächtige Mähne. Sie ärgerten ihn damit, dass er zwar so groß sei wie sein Papa und auch so stark aussähe, aber eine Mähne habe wie seine Mama. Sie meinten, er sei ein seltsames Wesen – so anders als die anderen kleinen Löwenjungen.

Alexander zog sich immer mehr zurück, hatte keine Freunde und war sehr traurig. Doch eines Tages sah er ein kleines Löwenmädchen, das so gar nicht in seine Steppe passte. Die kleine Löwin hatte ein sehr helles Fell und einen kleinen süßen Puschel am Schwanz und sie war sehr zart gebaut. Sie war sehr hübsch und sehr klein und sehr zerbrechlich. Immer wenn Alexander sie sah, getraute er sich gar nicht so nahe an sie heran. „Ich bin so anders als die anderen", dachte er dann „und darum mag mich sowieso keiner."

Einige Zeit später merkte Alexander, dass auch mit dem kleinen Löwenmädchen keiner sprechen wollte. Sie war auch anders und vor allen Tieren, die anders sind, ängstigten sich die meisten. Doch Alexander wusste, dass es nicht immer gefährlich sein muss, wenn jemand anders ist. Er wusste, dass auch Tiere die anders sind, ganz toll sein konnten. Er wäre ja auch nicht gefährlich. Er durfte es den anderen ja nur nicht beweisen.

Und weil beide Löwenkinder so anders waren, verstanden sie sich echt gut. Die kleine Löwin mochte den kleinen Alexander sehr gern. Sie liebte ihn, als wäre er ihr großer Bruder. Irgendwie war er das auch ein bisschen. Er beschützte sie vor den anderen Löwenkindern, wenn diese die kleine Löwin ärgern wollten. Er war da, wenn sie traurig war und er war bei ihr, wenn sie glücklich war. Und auch der kleine Alexander liebte die kleine Löwin. Vielleicht sogar ein wenig anders, als ein großer Bruder seine Schwester. Auch er fühlte sich in ihrer Nähe wohl. Mit ihr konnte er sich so gut unterhalten. Mit ihr konnte er so gut lachen. Mit ihr konnte er auch weinen. Und so verbrachten sie eine lange Zeit miteinander.

Langsam wurden aus den kleinen Löwenkindern junge erwachsene Löwen. Das Löwenmädchen wurde immer hübscher und immer sicherer. Bald wurde sie auch von anderen Löwenjungen anerkannt und gemocht. Und mit der Zeit trennten sich die Wege der beiden immer öfter. Immer noch freute sich das kleine Löwenmädchen Alexander zu sehen, er war ja ihr großer Bruder. Doch große Brüder trifft man nicht mehr so oft, wenn man schon fast erwachsen ist. Doch Alexander war sehr traurig darüber, denn er hatte das Gefühl, dass sich das Löwenmädchen von ihm abwandte. Er sah in ihr nicht seine kleine Schwester. Er hatte sie anders lieb, als man eine kleine Schwester hat. Er liebte sie. Und er glaubte, dass er nur als großer Bruder taugte. Er meinte, dass ihn kein Löwenmädchen jemals wirklich lieb haben konnte. Er war halt anders.

Einige Jahre vergingen und Alexander fand noch viele Löwenmädchen, die seine kleinen Schwestern sein wollten. Immer wieder beschützte er die kleinen Löwinnen. Immer wieder passte er darauf auf, dass sie nicht geärgert wurden. Immer wieder achtete er darauf, dass sie nicht zu viel weinen mussten. Ja, er hatte genau so ein großes Herz wie sein Papa. Nur er brüllte nicht so laut, dass er es nicht mehr hören konnte.

Manchmal überlegte er, ob es nicht leichter wäre, wenn er das auch könnte. Wenn er auch so laut brüllen würde. Wenn er auch sein Herz nicht mehr hören müsste.

Und so verging die Zeit und Alexander wuchs zu einem großen, stattlichen Löwen heran. Immer noch brüllte er nicht so oft. Aber so laut brüllen konnte er schon. Er tat es aber nur, wenn er wollte. Immer noch hörte er sein Herz. Was er aber nicht bemerkte war, dass er mittlerweile bereits eine stattliche Mähne sein Eigen nennen konnte. Er war in der Zwischenzeit zu einem stattlichen großen und starken Löwen geworden. Aber immer noch behandelten ihn die anderen Tiere so, als wäre er anders.

Und irgendwie stimmte das auch. Er war anders. Er war der Größte. Er war der Mächtigste. Er war der Lauteste. Und alle merkten es – nur Alexander nicht.

Jetzt ärgerten ihn die anderen Löwen nicht mehr weil er kein richtiger Löwe ist, sondern weil sie Respekt vor ihm hatten. Jetzt hielten sich die Löwenmädchen nicht mehr fern, weil sie mit ihm nicht gesehen werden wollten, sondern weil sie glaubten, dass so ein stattlicher großer Löwe nicht so kleine Löwenmädchen in der Nähe haben wollte. Sie bewunderten ihn aus der Ferne und trauten sich nicht mit ihm zu sprechen. Und er traute es sich ebenfalls nicht, weil er immer noch meinte, eine zu kleine Mähne zu haben und gar kein richtiger Löwe zu sein.

Schade, dass sein Papa so laut brüllte, dass
er sein Herz nicht mehr hören konnte, sonst
hätte er ihm bestimmt gesagt, dass es ihm
einmal genau so gegangen ist.

Aber die wunderschöne Löwenmama mit dem
goldenen Fell erzählte ihm davon. Sie war
stolz darauf, dass der Löwenpapa einmal
anders war, als die anderen Löwenjungen -
damals - und dass er sie trotzdem zur Frau
nahm. Nur, dass er manchmal ein wenig
leiser brüllen würde und daher sein Herz
öfter hören könnte, das würde sie sich auch
noch wünschen – und das hat sich Alexander
dann auch gemerkt.

Und als er dann Erwachsen war, fand er die
schönste Löwenfrau der Welt. Er konnte
mächtig und stark aussehen und richtig laut
brüllen. Aber er konnte auch leise genug
schnurren und brüllen um sein Herz noch zu
hören.

Dafort der kleine Hase
oder
Erster dort – aber Wo?

Es war einmal ein kleiner Hase, der nicht eine Minute irgendwo still stehen konnte. Immer war er in Bewegung, immer musste er ganz dringend irgendwo hin. Niemand wusste genau, wie der kleine Hase hieß. Alle nannten ihn nur „Dafort". Denn immer, wenn jemand meinte er sei da – war er auch schon wieder fort.

Ganz selten konnte man mit Dafort reden. Doch er konnte überhaupt nicht lange ruhig stehen. Immer hörte man von ihm: „Keine Zeit, keine Zeit, ich muss wieder weg."

Oft überlegten und tuschelten die Tiere, die ihn kannten, wohin der kleine Hase denn so dringend musste, doch keiner wusste es. Sie nahmen an, dass es ganz wichtig sein musste, was er vorhatte. Sie glaubten, dass er ganz dringend ankommen musste, wo immer er auch hin wollte.

Lange Zeit nahmen die Waldtiere das so hin. Sie ärgerten sich zwar darüber, dass Dafort nicht darauf achtete, wenn jemand im Wege

stand – er rannte einfach darüber hinweg –
sie sagten aber nichts. Sie waren sauer,
wenn er wieder einmal auf ein kleines
Schneckchen trat, weil er es aus lauter Eile
nicht sehen konnte. Und sie flüchteten
ängstlich, wenn er um die Ecke gerannt kam
und nicht darauf achtete, dass er wieder
einmal einem jungen Reh die Beine wegzog.

Doch eines Tages wurde es einem großen
Hirsch zu viel. Er stellte sich dem kleinen
Hasen in den Weg und blieb dort mit
gesenktem Kopf einfach stehen. Dafort sah
den Hirsch in seiner Eile natürlich nicht und
rannte mit vollem Tempo in das Geweih des
Hirsches. Ganz benommen lag er dann am
Boden und stammelte nur vor sich hin:
„Keine Zeit ich muss weg, keine Zeit."
„Wohin musst du denn eigentlich immer so
schnell?", fragte der Hirsch. „Du rennst
immer nur in der Gegend herum, schreist,
dass du keine Zeit hast und scheinst dennoch
nie anzukommen." „Ich muss weg, ich muss
weg", stammelte der kleine Hase, „ich muss
nach….. zum….. zur….. ich weiß gar nicht",
meinte er dann. „Na bevor du nicht weißt
wohin du willst brauchst du nicht so schnell
sein und schon gar nicht andere Tiere
umrennen", sagte der Hirsch dann in
strengem Ton. Und er ließ nicht daran
zweifeln, dass er es sehr ernst meinte und es

Konsequenzen geben würde, wenn er Dafort
noch einmal so rasen sähe.

Sehr verwundert über diese seltsame Frage
überlegte Dafort, was der Hirsch gemeint
haben könnte. Noch nie hatte er sich
Gedanken darüber gemacht, wohin er wollte
oder sollte. Immer war er dafür zu sehr in
Eile. Ihm war nicht wichtig wohin er lief – ihm
war wichtig der Erste dort zu sein. Aber wo –
das erste Mal dachte er auch darüber nach.

Es dauerte fast eine ganze Woche. So lange hatte ihn noch keines der Waldtiere ruhig sitzen sehen. Sie dachten schon daran, einen Arzt zu holen, sie hatten Angst, dass er krank sein könnte. Doch nach einer Woche stand Dafort auf und machte sich auf den Weg. Er wollte auf die andere Seite des Flusses, denn er hatte gehört, dass es dort gute Salatfelder und Karottenbeete geben sollte. Schnell machte er sich auf den Weg. Sehr groß waren seine Sprünge, denn beim Überlegen wo er hin wollte fiel ihm ein, dass er ja gar keine Zeit hatte dorthin zu rennen, er wollte ja schon dort sein. Also machte er ganz weite Sprünge – jetzt noch hier und gleich schon da, sprach er dabei.

Es dauerte nicht sehr lange, da kam er ans Ufer des Flusses. Er konnte sehen, dass einige Meter weiter flussaufwärts eine kleine Brücke war, die die Flussufer verband, doch die Zeit dorthin zu gehen, wollte er sich nicht nehmen. Das kam für ihn gar nicht in Frage. Bevor er noch darüber nachdenken konnte wie es jetzt weitergehen könnte, sah er am Wegrand eine kleine Schildkröte langsam und gemächlich, aber gleichmäßig, den Weg zur Brücke einschlagen.

„Wo willst du denn hin?", fragte sie Dafort. „Willst du vielleicht auch ans andere Ufer? Dann komm doch einfach mit. Immer einen

Schritt nach dem anderen, dann sind wir in einer Stunde dort." Als Dafort das hörte, lachte er ganz laut und herzlich. So etwas Albernes hatte er noch nie gehört. „Ein Schritt nach dem anderen, hihihi, in einer Stunde hahaha", lachte er. „Wer hat denn so viel Zeit? Springen musst du – jetzt noch hier und gleich schon da", belehrte er die kleine Eidechse.

Doch diese ließ sich nicht beirren. Immer weiter ging sie in Richtung der Brücke. Einen Schritt nach dem anderen. Ein Schritt und noch ein Schritt und noch ein Schritt und noch ein Schritt. Und bald war sie nicht mehr zu sehen.

Dafort amüsierte sich immer noch über die lustige Aussage der Eidechse, nahm Anlauf und bereitete sich auf einen großen weiten Sprung vor. „Ich bin schneller drüben, ich brauche keine Stunde", dachte Dafort und setzte zum Absprung an. Mit viel Kraft und Elan sprang er weg. Er legte so viel Kraft in den Sprung, wie er noch nie in einen Sprung gelegt hatte. Er wusste ja jetzt wo er hin wollte und was er dort tun wollte. Plötzlich war es ganz leicht so viel Kraft für einen Sprung zu haben. Und er setzte diesen Sprung so kraftvoll und so weit, wie er noch nie einen Sprung gesetzt hatte. Und als er aufkam, platschte er mitten in den Fluss.

Dafort hasste Wasser. Dafort hasste schwimmen. Dafort hasste es, wenn er nicht jetzt noch hier und gleich schon da war. Aber das andere Ufer des Flusses war noch sehr weit weg und so musste er wieder zurück schwimmen und sich dann etwas von der Strapaze erholen. Fast eine halbe Stunde brauchte er, um ans Ufer zurück zu kommen. Und noch einmal so lange, um wieder schnaufen zu können. Dann nahm er wieder Anlauf. Er versuchte es gleich noch einmal. Doch jetzt wollte er noch mehr Anlauf nehmen und noch mehr Kraft in den Sprung legen. Noch höher und noch viel weiter wollte er springen.

Aber wieder landete er im Wasser. Wieder musste er ans Ufer zurück schwimmen. Wieder brauchte er dafür eine halbe Stunde.

Als Dafort wieder am Ufer ankam, sah er schon die Eidechse kommen, die sich schon wieder auf dem Weg zurück befand, um ihm von den tollen Feldern zu berichten. Er hörte sie auch sagen „Ein Schritt nach dem anderen, ein Schritt und noch ein Schritt und noch ein Schritt."

Als die Eidechse nun Dafort am Uferrand sitzen sah, fragte sie ihn, ob er auch die tollen Felder gesehen hatte und ob er auf sie gewartet habe. Doch Dafort gestand mit hängenden Löffeln, dass er es noch gar nicht geschafft habe, ans andere Ufer zu kommen und die ganze Zeit versucht habe, jetzt noch hier und gleich schon da zu sein. Und er schämte sich die Eidechse vorhin ausgelacht zu haben.

Jetzt lachte die kleine Eidechse von Herzen und meinte, dass sie ganz oft deswegen ausgelacht würde, weil sie lieber einen Schritt nach dem anderen machen wollte. Sie berichtete, dass sie aber immer wieder ihr Ziel erreichen könnte, weil sie Hindernissen mit dem nächsten Schritt immer wieder ausweichen oder aber diese wegschaffen könne. Außerdem würde sie so den Weg kennen lernen und könnte sehen, ob es nicht da auch schon schöne Felder gäbe. Und den Weg zurück oder weiter würde sie so auch nie verfehlen. Wenn jemand jetzt hier und gleich schon da sein wollte, wisse der das Alles nicht und hüpft immer wieder in einen Fluss.

Ja, das verstand Dafort auch und er wurde neugierig darauf, wie wohl der Weg zur Brücke wäre. Er merkte ja, dass der, der Zeit verloren hatte, ganz sicher nicht die Eidechse war.

Gemeinsam machten sie sich nun auf den Weg. Ein Schritt nach dem anderen. Sie machten eine kleine Pause am Kleefeld, das sich auf dem Weg zur Brücke befand, um dort ein wenig vom leckeren Klee zu naschen. Ein Schritt nach dem anderen. Sie sangen, scherzten und lachten, als sie über die Brücke gingen. Ein Schritt nach dem anderen. Und bald schon waren sie auf der anderen Seite des Flusses.

Herrlich war es da. Viele wunderbare Felder, viel zu essen - ein wahres Paradies. Und erreicht hatte Dafort es – immer einen Schritt nach dem anderen - dorthin wo er hin wollte.

Listen, Look und Try, die drei kleinen Eichkätzchen
oder
Versuch es noch einmal – aber anders

Es war einmal in einem großen Wald, da
lebte eine Eichkätzchenfamilie, die aus den
Eichkätzcheneltern und drei kleinen
Eichkätzchenkindern bestand. Die kleinen
Eichkätzchenkinder waren gerade so alt, dass
sie ihre ersten Schritte und Hüpfer im Wald
auch einmal alleine machen durften.

Listen, Look und Try, so hießen die drei
kleinen Eichkätzchen, tollten sehr gern im
Wald umher. Sie liefen die Baumstämme
hoch, hüpften zum nächsten Baum und
wieder hinunter. Sie spielten Fangen und
Verstecken. Sie spielten mit Haselnüssen und
Buckeckern und fielen jeden Abend müde
und zufrieden ins Bettchen.

Langsam war es aber an der Zeit, auch Dinge
zu lernen, die sie später zum Leben
brauchten. Eichkätzchen müssen nämlich
immer für den Winter vorsorgen. Sie müssen
im Sommer Nahrung sammeln und gut
verstecken. Andere Tiere sollten diese
Nahrung ja nicht finden. Im Winter, wenn
dann viel Schnee liegt und die Eichkätzchen

keine Haselnüsse finden können, müssen sie dann von den Vorräten leben, die sie im Sommer angelegt hatten. Und so beschlossen die Eltern, den jungen Eichkätzchen beizubringen, wie das Sammeln von Leckereien funktioniert und wo man die besten Leckerbissen finden kann.

Listen, das Eichkätzchenmädchen, war um ein paar Minuten älter als ihre Brüder und daher auch die erste, der der Vater den Weg zum richtigen Sammelplatz zeigen wollte. Während ihre beiden Brüder den ganzen Tag herumtollten und spielten, lief sie mit dem Vater zum Rand des Waldes, bis zu einer großen Wiese. Dort, am anderen Ende der Wiese, stand ein sehr hoher und breiter, alter Baum. Der Vater erklärte dem Eichkätzchenmädchen, dass es zuerst die Wiese überqueren, dann auf den alten Baum hinaufklettern und auf der ersten Astreihe nach außen laufen müsse. Dann solle sie einen ganz weiten Sprung machen, um auf die andere Seite des Baches zu kommen, der neben dem Baum fließt. Bis zum Baum müsse sie ganz schnell laufen, weil, auf der freien Wiesenfläche könne sie sonst der Habicht sehen, der sie fangen möchte. Im Wald, auf der anderen Bachseite, würden sie aber dann ganz viele süße Beeren, leckere Haselnüsse und saftige Bucheckern finden, die sie am Abend nach Hause bringen wollten. Dann sagte der Vater noch: „Lauf jetzt los, wir treffen uns dann im drüberen Wald!" und dann lief er selbst auch schon los. Listen folgte ihm ganz schnell. Sie hatte gut zugehört und tat alles genau so, wie es der Vater gesagt hatte.

Auf der anderen Seite des Baches traf sie den Vater wieder und gemeinsam machten sie sich auf, um viele Leckereien für die Familie zu sammeln. Einige süße Beeren steckte Listen auch gleich selbst in ihr Schnäuzchen und manch leckere Haselnuss verspeiste sie auch sofort.

Das Eichkätzchenmädchen und ihr Vater
haben wirklich viele Sachen gesammelt und
machten sich nach ein paar Stunden wieder
auf den Weg nach Hause. „Listen, du weißt,
es geht wieder zurück, pass beim Laufen
über die Wiese gut auf. Du kennst den Weg.
Wir treffen uns dann zu Hause wieder. Jetzt
los!", sagte der Vater und schnell liefen beide
davon.

Als sie zu Hause angekommen waren,
wurden sie von den beiden Brüdern und der
Mutter schon erwartet. Neugierig fragten
Look und Try, was sie denn mitgebracht
hätten und die beiden legten stolz die vielen
Leckereien auf den Tisch. Aufgeregt
berichtete Listen von dem spannenden Tag
und von dem weiten Weg, den sie
zurückgelegt hatten. Auch von den vielen
Leckereien, die man im Wald, auf der
anderen Seite des Baches, finden konnte,
erzählte sie. Müde aber glücklich schlief das
junge Eichkätzchen dann bald ein und die
beiden Brüder freuten sich schon auf die
Tage, an denen sie selbst mit dem Vater
diesen Ausflug machen würden.

Eine Woche später machte sich der Vater
dann mit Look auf den Weg zum Wald auf der
anderen Seite des Baches. Auch ihm erklärte
er, wie er auf die andere Seite des Baches
kommen würde und warnte vor dem Habicht.
Doch Look konnte sich überhaupt nicht
merken, was der Vater da gesagt hatte.
Immer wieder unterbrach er ihn und meinte:
"Zeig mir doch einfach wie das geht, ich
schau es mir schon von dir ab." Und wirklich,
der Vater lief einfach voraus. Er lief ganz
schnell über die Wiese, blieb kurz vor dem
großen Baum stehen, kletterte dann hinauf,
lief zum äußersten Rand des untersten Astes
und hüpfte auf die andere Seite des Baches.

Dort wartete er dann auf Look, der sich den Weg genau ansah und dann ganz schnell hinterherkam. Auch die beiden hatten einen schönen Tag. Auch sie brachten ganz viele Leckereien mit nach Hause. Und auch Look erzählte vom Weg und den vielen Dingen, die er gesehen hatte. Als jedoch Look erzählte, konnte er, wie immer, nicht ruhig sitzen und erzählen, er musste den ganzen Weg zeigen. Er lief ganz schnell um den Stubentisch und erzählte, dass das die Wiese sei, kletterte dann auf die Kommode und meinte, das sei jetzt der Baum, lief am Rand der Kommode an den Rand und sprang auf den Küchentisch. „Und dann waren wir schon da!", berichtete er stolz.

Try sah Look ganz genau zu und erinnerte sich auch was Listen erzählt hatte. Ihm kam es fast so vor, als wüsste er den Weg schon vorher ganz genau. In seinen Träumen ist der diesen Weg nun schon ganz oft gelaufen und er konnte es kaum noch erwarten, bis er endlich mit dem Vater zum Wald auf der anderen Seite des Baches laufen durfte.

In den nächsten Tagen fragte er fast jeden Tag, ob es nun endlich so weit sei. Er beschrieb immer wieder den Weg und meinte, dass er ihn ganz sicher schon fast alleine finden könne und bettelte, nun endlich mit dem Vater hinlaufen zu dürfen.

Doch in diesen Tagen hatte der Vater nur ganz wenig Zeit. Er musste jeden Tag aus dem Haus, um mit den anderen Waldbewohnern auch noch nach anderen Plätzen zu suchen, ohne seine besten Sammelplätze zu verraten. Try konnte es gar nicht mehr erwarten und beschloss sich selbst auf den Weg zu machen. Listen hatte es ja genau erzählt, wie man da hin kommt und Look hat es so genau gezeigt, dass er es doch gar nicht verfehlen konnte.

Schon am nächsten Tag schlich er heimlich aus dem Haus. Schnell fand er den Rand des Waldes, die große Wiese und den großen, breiten, alten Baum. Er hatte sich auch gemerkt, dass er auf den Habicht achten musste und ganz schnell über die Wiese laufen muss. Und genau das tat er auch. Dann kletterte er ganz schnell auf den Baum und lief ans Ende des Astes und sprang mit einem großen Satz weg. Aber er kam nicht auf der anderen Seite des Baches an sondern plumpste direkt mitten ins Wasser.

Schnell schwamm er zurück ans Ufer. Er schüttelte sich ab, leckte sein Fell trocken und überlegte, was er denn jetzt machen sollte. Da fiel ihm ein, dass seine Mutter schon ganz oft gesagt hat: „Wenn dir etwas nicht gleich gelingt, versuche es doch einfach noch einmal." Und genau das tat Try jetzt auch. Er kletterte gleich wieder auf den Baum, lief wieder ans Ende des Astes und sprang mit einem großen Satz weg. Er bemühte sich sehr, dass er das Ende des Astes genau erreichte und dass er mit genau so viel Kraft weg sprang wie schon zuvor. Aber wieder plumpste er ins Wasser. Aufgeben wollte Try aber nicht. Er versuchte es immer und immer wieder. Immer wieder kletterte er - genau wie beim ersten Mal – auf den Baum, lief ans Ende des Astes, hüpfte mit aller Kraft weg und…… plumpste ins Wasser.

Erst als die Sonne schon langsam unterzugehen begann, lief Try wieder nach Hause zurück. Er war sehr traurig, dass er den Wald auf der anderen Seite des Baches nicht gesehen hatte und keine Leckereien mitbringen konnte. Deshalb schlich er auch leise in den Eichkätzchenbau und hoffte, dass ihn keiner bemerken würde.

Doch die Mutter hatte ihn gesehen und setzte sich zu ihm aufs Bett. Sie strich ihm über die Stirn und fragte was los sei. Langsam, leise und traurig erzählte Try von seinem Erlebnis. „Ich hab es doch immer wieder versucht und genau aufgepasst. Ich habe doch gar nichts anders gemacht. Ich hab immer wieder das Gleiche versucht, aber nie habe ich das andere Ende des Ufers erreicht. Ich hab es doch immer wieder versucht.", schluchzte Try.

„Aber mein kleiner Try", sprach die Eichkätzchenmutter nun in liebevollem Ton, „du hast recht, man muss es wieder versuchen, wenn etwas nicht funktioniert, das hast du gut erkannt, aber ich verrate dir ein weiteres Geheimnis. Wenn das Eine gar nicht geht, probiere irgendetwas Anderes." Das verstand Try nun gar nicht. Es immer wieder versuchen, aber anders? Wie sollte denn das gehen? Aber bevor er fragen konnte, war die Mutter schon weg. Sie stand wieder in der Küche und bereitete ein leckeres Mahl für die ganze Eichkätzchenfamilie.

Am nächsten Tag lief Try wieder zum großen, breiten, alten Baum und er wollte es wieder versuchen. Da fiel ihm der Satz der Mutter ein und er dachte schnell nach, was damit gemeint sein könnte und dann fiel es ihm ein. Schnell kletterte er auf den Baum und lief zum Ende des Astes und sprang mit einem mächtigen Satz weg und landete....auf der anderen Seite des Baches. Try jubelte und lief fröhlich in den Wald hinein. Er aß so viele Früchte, wie in seinen kleinen Bauch hinein passten und er sammelte so viele Früchte, wie er tragen konnte. Stolz brachte er am

Abend alle Früchte in die Stube und legte sie am Tisch. Er erzählte der Mutter, dem Vater und den Geschwistern von seinem Erlebnis am Vortag und von seinem heutigen Erfolg.

Als der Vater ihm fragte, wie er es denn heute geschafft hatte, auf die andere Seite des Baches zu kommen sagte Try dann: „Mir ist eingefallen, dass wenn ich immer an der selben Stelle weg springen würde, dann würde ich einfach auch immer an der selben Stelle ankommen – und diese Stelle war sehr nass."

Lisa und der alte Teddy
oder
Lernen ist schwer

Es war einmal, vor gar nicht all zu langer
Zeit, ein kleines Mädchen, das im Haus ihrer
Eltern wohnte und dort ein riesiges
Kinderzimmer hatte. In diesem Kinderzimmer
konnte man fast alle Spielsachen finden, die
man sich nur erträumen konnte.

Da gab es ganz viele Plüschtiere, die in einem
Regal standen, oder im Bett des kleinen
Mädchens saßen. Oder ganz viele
verschiedene Puppen, die allesamt
wunderschöne Kleidchen anhatten. Aber es
gab auch Bausteine, Bälle, Computerspiele
und Eisenbahnen. Und noch viele Spielsachen
mehr hatte das kleine Mädchen. Liebevoll
begrüßte das Mädchen, das Lisa hieß, die
Plüschtiere jeden Morgen, und manche davon
nahm sie aus dem Regal und setzte sie aufs
Bett. Andere wiederum nahm sie vom Bett
und suchte einen schönen Platz auf dem
Regal aus. „Damit ihr auch mal was anderes
seht", sagte sie dann.

Gerne spielte Lisa mit all ihren Spielsachen,
aber am liebsten spielte sie Schule. Sie war
dann die Frau Lehrerin und versuchte ihren
Puppen alles beizubringen, was es selbst

lernen musste. Und sie tat es genau so, wie es ihr auch beigebracht wurde. Sie legte den Puppen einen Stift und ein Blatt auf den Tisch, setzte die Puppen dazu und ermahnte sie, sich ordentlich zum Tisch zu setzen und gut aufzupassen. „Nicht tratschen, Binchen!", hörte man sie dann manchmal zu der Puppe mit dem lockigen blonden Haar sagen.

Was das Mädchen aber nicht bemerkte war, dass die Puppen es für total langweilig hielten, mit Lisa Schule zu spielen. Sie konnten sich die Sachen einfach nicht merken. Sie sahen nicht ein, warum man lernen muss. Sie konnten es einfach nicht. Die Puppen glaubten zu dumm zum Lernen zu sein. Sie konnten sich einfach nicht merken, wie die komischen Wörter heißen, die das Mädchen an die Tafel schrieb. Sie wollten es auch nicht lernen. Es war doch egal.

Und was die Erwachsenen nicht wussten war, dass Lisa genau hören konnte, was die Puppen miteinander sprachen und dass die Puppen Lisa auch gut verstehen konnten und gern mit ihr spielten, tobten, lachten und plauderten. Nur das blöde Schule-Spielen, das wollten sie nicht. Aber Lisa bestand darauf, dass zumindest zwei Stunden am Tag gelernt werden muss. Sie sagte immer, dass sie keine dummen Puppen haben möchte und darum muss man ganz still sein, zuhören und lernen. Und wenn man etwas nicht kann, dann muss man es eben so oft üben, bis man es kann. Lisa hörte das auch immer, wenn sie nicht lernen oder üben wollte. Lisa hatte auch keinen Spaß daran, immer dasselbe zu üben. Immer etwas zu machen, was sie nicht verstand und trotzdem immer wieder machen sollte. So lange bis sie es könne, sagte die Frau Lehrerin immer. Auch ihre Mutter sagte das. Aber auch wenn Lisa es ganz oft übte und es dann plötzlich richtig machte, wusste sie nicht was daran jetzt richtig war. Sie hat ja auch nicht gewusst was sie vorher falsch gemacht hatte. Aber es war ihr ganz egal. Hauptsache sie musste jetzt nicht mehr weiter üben.

Eines Tages, als Lisas Vater von der Arbeit kam, hatte er einen alten, schmutzigen und ganz nassen Teddybären in der Hand und fragte Lisa: "Ist das einer von deinen Teddys? Den habe ich vor der Haustüre gefunden und der lag ganz alleine im Regen." Aber es war nicht Lisas Bär. Niemand wusste, zu wem der kleine alte Teddy gehörte und so entschloss sich Lisa den kleinen Bären zu waschen und bei sich aufzunehmen.

Einige Tage später, nachdem sich der alte Bär im Kinderzimmer eingewöhnt hatte, musste er auch beim Schule-Spielen mitmachen. Doch der alte Bär wollte das gar nicht. Es war langweilig so lange Zeit ruhig beim Tisch zu sitzen und zuzuhören, was Lisa da erzählte. Es war gar nicht lustig zu sehen wie die anderen Puppen und Kuscheltiere vor Langeweile gähnten und sich doch nichts von dem merken konnten, was Lisa ihnen beibringen wollte. Und wenn der alte Bär sich ganz toll bemühte und ganz genau hinhörte, konnte er bemerken, dass das was Lisa erklärte, auch nicht immer stimmte. Er hatte schon einige Jahre auf dem Buckel und daher in seinem langen Leben schon viel gehört. Deshalb wusste er auch schon eine ganze Menge. Und genau deshalb erkannte er schnell, dass Lisa auch nicht alles verstanden hatte, was sie selbst den Spielsachen beibringen wollte. Aber sie machte es genau wie sie es gelernt hatte. Lernen ist halt einmal schwer und man muss still aufpassen und nicht spielen. Dazu ist später noch Zeit.

Und an diesem Tag entschloss sich der alte
Bär mit den anderen Puppen und
Kuscheltieren gemeinsam einfach nicht
mitzuspielen, sondern ein eigenes Spiel zu
beginnen. Lisa sollte allein Schule-Spielen.
Sie wollten mit dem Bären andere Spiele
versuchen. Als sie das Lisa sagten, stürmte
sie ziemlich wütend aus dem Zimmer und
meinte noch: „Es ist mir egal was ihr macht.
Aber wenn ihr übermorgen die Lernwörter
nicht könnt, dann müssen wir sie eben so
lange üben bis ihr sie könnt. Und dann muss
der alte Bär wieder weggehen, weil man kann
doch nicht immer Spaß haben, man muss
auch manchmal hart arbeiten!"

Die Puppen und die Kuscheltiere waren ganz
erschrocken und meinten, dass es vielleicht

doch besser wäre, schnell hart zu arbeiten und schnell diese Wörter schreiben und lesen zu lernen, weil sie wollten gar nicht, dass der alte Bär wieder weggeschickt wird. Aber sie wussten gar nicht, wie sie das machen sollten. Sie wussten gar nicht wie man lernen konnte. Sie wollten darüber einmal eine Weile nachdenken. Aber der kleine Bär machte sich darüber gar keine Sorgen. Er erklärte, dass sie es einfach einmal versuchen werden. Er schlug vor, dass sie ganz genau nachdenken können - und dabei ein lustiges Spiel spielen. Weil nachdenken, meinte er, passiert im Kopf und der kann ja auch arbeiten, wenn man dabei spielt. Spielen muss man ja nicht mit dem Kopf - spielen kann man ja auch mit den Händen und den Augen und den Beinen. Und er erklärte noch ganz keck: „Wenn ich mich mit meiner rechten Pfote am Bauch kratze, kann ja meine andere Pfote auch noch Honig naschen."

Da mussten die Puppen herzlich lachen und die Plüschtiere nickten zustimmend und versuchten, die Bewegungen des kleinen Bären nachzumachen.

„Also, was spielen wir?", fragte Bienchen dann plötzlich und alle schauten sie fragend an. Weil Bienchen redete nicht oft laut, wenn man etwas von ihr hörte, war es immer nur ein leises tratschen mit der Sitznachbarin beim Schule-Spielen. Aber jetzt saß sie mit roten Bäckchen mitten in der Spielzeuggruppe und sprach laut und deutlich. Außerdem sagte sie, dass sie immer zu dumm zum Lernen ist und viel lieber spielt. Darum redet sie jetzt auch mit, sie will nur nicht lernen müssen. Aber was die Spielsachen spielen könnten, wusste auch sie nicht, weil sie durfte - so wie alle anderen – immer nur im Regal oder auf dem Bett sitzen oder Schule-Spielen. Etwas anderes kannte auch sie nicht.

Plötzlich sprang der alte Bär auf und lief zu den Zetteln mit den Lernwörtern, die Lisa am Tisch vergessen hatte. Er nahm sie und las eines vor. „Bild" stand auf dem Zettel und auf einem anderen Zettel stand „malen". Dann legte er den Zettel auf dem „Bild" stand auf Lisas Bett und den anderen Zettel, auf dem „malen" stand, unter den Tisch. „Schaut euch noch einmal genau an, wie die beiden Wörter aussehen und merkt euch das gut, weil wir spielen hinlaufen.", meinte dann der kleine Teddy. Ja, das könnte Spaß machen, dachten die Spielsachen. Da mussten sie nicht denken, nicht lesen und nicht lernen. Da konnten sie einfach nur schauen und laufen und hüpfen und sie jubelten vor Freude. Dann rief der kleine Bär: "malen!" und alle liefen ganz schnell zum Tisch und versuchten

mit viel Gelächter unter den Tisch zu
schlüpfen. Dann rief der kleine Bär: „Bild!"
und alle liefen schnell zum Bett und hüpften
hinauf. Ein paar Mal wiederholte der kleine
Bär dieses Spiel. Manchmal rief er zweimal
das gleiche Wort und die Kuscheltiere und die
Puppen hatten großen Spaß dabei zu sehen,
dass manche von ihnen sich zuerst auf den
Weg zum anderen Zettel machten, sich aber
schnell wieder besonnen und zurückliefen.
Lange hatten sie dieses Spiel noch nicht
gespielt, als sie bemerkten, dass es auch
langweilig sein kann, wenn man die Wörter
schon kennt und es nur zwei davon gibt. Also
holten sie auch noch die anderen Zettel mit
Lisas Lernwörtern vom Tisch.

Bei zehn Wörtern war es schon ganz schön
schwierig sich zu merken, wo die Wörter
liegen, aber wie sie aussehen, das wussten
die Kuscheltiere und Puppen ganz schnell.
Und wenn einmal eines der Kuscheltiere nicht
wusste, wo ein Wort liegt und an den
falschen Platz gelaufen waren, konnten sie es
sich noch ausbessern, indem sie das
gerufene Wort ganz schnell auf ein neues
Blatt am Schreibtisch schrieben. Und das war
jetzt gar nicht mehr schwer, weil sie wussten
ja, wie das Wort aussieht. Sogar ganze
Sätze, die der kleine Bär rief, konnten sie
nun schon der Reihe nach ablaufen. Wenn er
rief: "Tom kann schön malen." Dann hüpften

sie schnell auf den grünen Sessel, schlüpften unter die Kommode, liefen zum Kleiderkasten und sprangen auf das Bett. Dieses Spiel machte wirklich großen Spaß und der Nachmittag verging wie im Flug.

Draußen begann es schon dunkel zu werden, als Bienchen plötzlich ganz traurig darauf hinwies, dass sie sich noch immer keine Gedanken darüber gemacht hatten, wie sie die Lernwörter lernen könnten, damit der kleine Bär nicht übermorgen weggeschickt werden würde. Sie meinte: "Jetzt haben wir den ganzen Nachmittag so lustig gespielt und ganz vergessen, dass wir doch hart lernen müssen. Ich mag nicht, dass uns der Teddy verlassen muss, also setzen wir uns hin und lernen endlich."

Doch es war zu spät. Gerade kam Lisa bei der Türe herein und sah sehr traurig aus. Sie wollte auch nicht, dass der kleine alte Bär weggegeben werden muss, aber wenn sie nicht mit den Puppen lernen konnte, dann könnte sie die Wörter bei der nächsten Ansage oder Leseprobe doch auch nicht und dann dürfte sie den kleinen Bären nicht behalten, weil der Vater meinte, dass man doch nicht nur Spielen kann, sondern auch lernen muss. Sehr überrascht sah sie dann auf ihrem Schreibtisch die vielen Wörter, die die Puppen geschrieben hatten. Was war denn da geschehen? Die Puppen und die Plüschtiere konnten plötzlich alle Lernwörter. Sie konnten sie lesen. Sie konnten sie schreiben. Sie konnten ganze Sätze lesen und schreiben – und Lisa hatte den ganzen Nachmittag mit ihrer Mutter hart gelernt, konnte sie aber immer noch nicht so richtig.

„Morgen spielen wir mit dir das lustige Spiel.", versprachen die Spielsachen, dann kannst du es bestimmt auch. Und wirklich, schon am nächsten Tag konnte Lisa alle zehn Lernwörter und der kleine alte Teddy durfte in der Familie bleiben.

Aber eines verstanden die Kuscheltiere und die Puppen genau so wenig wie Lisa: "Warum kann ich das jetzt auf einmal? – Ich habe ja nur gespielt!"

Der kleine blaue Plüschdrache
oder
Trau dich – auch außer Haus!

Es war einmal ein kleiner, lieber und sehr
weicher Plüschdrache. Er war wunderschön.
Seine gelben Zacken hoben sich schimmernd
von seinem blauen Plüschkörper ab. Dieser
kleine Drache wohnte im Kinderzimmer eines
kleinen Mädchens, in dem auch noch viele
andere Kuscheltiere und Puppen zu Hause
waren.

Der kleine Drache spielte dort jede Nacht
schelmisch und ausgelassen mit allen
Kinderzimmerbewohnern, ganz egal, wer das
war. Er tollte mit dem lustigen kleinen
Äffchen, das ein rotes Mascherl am Kopf trug,
vergnügt umher. Er spielte mit der kleinen
Maus, die auch immer zu kleinen Späßen
aufgelegt war. Und er konnte sich besonders
gut mit dem kleinen rosa Hasen unterhalten.
Und wenn er besonders gut aufgelegt war,
zeigte er noch ein kleines Stück mehr von
sich. Er konnte nämlich ganz toll
FEUERSPUCKEN. Denn er hatte alles, was ein
kleiner Drache dazu braucht. Er hatte eine
Zunge, auf die er sein Feuer legen konnte
und genug Atem, dieses Feuer auch aus

seinem Hals heraus zu blasen. Und wenn er dann Feuer gespuckt hatte und seine Kuschelfreunde damit immer wieder verblüffen konnte, genoss er das angenehme Wackeln seiner Zacken und das Schlagen seiner kleinen Flügel.

Eines Tages fuhr das kleine Mädchen, dem das Kinderzimmer gehörte, in ein Ferienlager. Natürlich nahm es den kleinen Drachen mit. Er war ja ihr Lieblingskuscheltier. Als die beiden nun im Ferienlager angekommen waren, erkannte der kleine Drache, dass auch die anderen Kinder ihre Spielsachen mitgebracht hatten. Da gab es einen goldbraunen Hasen, ein kleines rosa Hündchen, einen größeren braunen Plüschhund, einen dunkelblauen kleinen Frosch, einen kleinen Igel, der einen Tennisschläger hielt und sogar ein ganz kleines rosa Schweinchen, das faul am Boden lag und neugierig in die Welt blickte .

Es waren fast so viele Spielgefährten da, wie im Kinderzimmer zu Hause. In der Nacht blieben die Kuscheltiere alle im Spielzimmer und die Kinder gingen schlafen. Aber hier war alles anders. Diese Kuscheltiere waren so fremd. Alle saßen nur still herum. Sie sprachen nicht miteinander. Sie waren nicht so lustig wie die zu Hause und sie tollten auch nicht so lustig herum. Und ziemlich

traurig schlief der kleine Drache an diesem
Abend bald ein.

Am nächsten Tag holte ihn das kleine
Mädchen und nahm ihn mit zu einem
wunderschönen Ausflug. Er kannte ja das
kleine Mädchen und fühlte sich bei ihm wohl.
So verging der Tag. Und als er am Abend
zurück ins Spielzimmer kam, bemerkte er,
dass die Plüschtiere alle miteinander spielten.
Sie tollten gemeinsam umher, obwohl sie aus
ganz verschiedenen Kinderzimmern kamen.
Sie unterhielten sich, auch wenn sie sich
manchmal nicht sehr gut verstehen konnten.
Aber irgendwie konnten sie sich doch
verständigen. Sie lachten übereinander, weil
ihre unterschiedliche Aussprache oft auch ein
bisschen lustig klang. Aber gerade das schien
den Spaß an der Sache auszumachen. Ja
wirklich, sie verstanden sich prächtig.

Als er das sah, wurde der kleine Drache ganz
traurig. Er glaubte, dass die Plüschtiere am
vorigen Tag seinetwegen nicht miteinander
gesprochen hatten. Er meinte, dass die
anderen ihn vielleicht nicht mögen könnten
und ihn außerdem sowieso nicht verstehen
würden. Und wenn er etwas sagen würde,
würden die anderen bestimmt noch viel mehr
lachen und ihn schon überhaupt nicht mögen,
bildete sich nun der kleine Drache ein.

Und wieder schlief er traurig ein, denn er wollte ihnen doch so gern seine Geschichte erzählen.

Die nächsten beiden Tage verbrachte er mit den anderen Kuscheltieren im Spielzimmer. Immer wieder wurde das eine oder das andere Plüschtier von einem Kind geholt und wieder zurückgebracht. Und trotzdem spielten alle Plüschtiere in den Nächten gemeinsam und lachten und tollten herum und jeder erzählte seine kleine Geschichte und zeigte den anderen, was er denn Besonderes konnte. Nur der kleine blaue Drache mit den schimmernden gelben Zacken saß alleine in einer Ecke und schaute nur zu. Wenn eines der Plüschtiere zu ihm herkam und ihn etwas fragte, wollte der kleine Drache nicht antworten und dachte sich nur: „Erstens haben die mit mir bis jetzt auch nicht gespielt, und zweitens lachen die mich aus, weil ich ja auch anders spreche wie die."

Und so entschied sich der kleine Drache mit den anderen nicht zu spielen und schlief mit dem Gedanken ein, dass die anderen nicht zu wissen brauchten, dass er anders spricht und was er kann. Und er begann zu träumen, dass er als kleiner blauer Drache mit schimmernden gelben Zacken doch Feuerspucken kann. Aber das darf er nur,

wenn er sicher ist, auch wirklich ein blauer Drache mit schimmernden gelben Zacken zu sein. Und er träumte weiter, dass er sich betrachtete und plötzlich nicht mehr sicher war, auch wirklich schimmernde gelbe Zacken zu haben. Er sah im Traum seine Zacken auf einmal ROT. Und wenn seine Zacken ROT sind, dann darf er ja nicht mehr Feuerspucken. Und wenn er nicht mehr Feuerspucken darf....? Und während er so vor sich hinträumte und sich in seinem Traum immer mehr verfärbte - sein Plüschkörper wurde zum Teil rosa, zum Teil grün, die Farbe seines Schwanzes sogar violett - dachte er - wenn ich jetzt nicht einmal mehr Feuerspucken kann, dann werden die anderen Plüschtiere mich überhaupt nie mögen. Überhaupt nie!
Und er hörte wie ein Echo seine eigene Stimme, die immer wieder sagte: Ich kann Feuerspucken ....mich nie mögen........ich kann Feuerspucken .... mich nie mögen........ich kann Feuerspucken.

Und plötzlich mischte sich eine weitere Stimme dazu, die sagte: ALLO DLACHE............ ALLO DLACHE........WACH DOS AUF !!! …. DOMM WACH DOS AUF !!!!!! DU TLAUMMST NUF !!!

Da merkte der kleine Drache, dass er wohl eingeschlafen sein muss und sah verblüfft in

ein ganz kleines Schweinchengesicht.
„Du......du .....du redest mit mir?", fragte der
kleine Drache das Schweinchen. „Obwohl ich
so bunt bin? Und obwohl ich ganz anders
spreche als du?"

„NATÜLICH", antwortete das Schweinchen,
„WILL SIN DOS ALLE ANDES UND
ÜBEHAUPS, DU IST DOS GANET BUNT, DU IS
EIN WUNDESCHÖNES DLACHE MIT
SCHIMMELDES GELBES SPITZELN. ABERL
WAS HABST DU DA ERSTENS GESPROCHT???
DU GESPROCHT - ICH KANN FEUERSPUCKEN
- WAS DAS???"

Und da erinnerte sich der kleine Drache an
das Kinderzimmer des kleinen Mädchens, in
dem noch viele andere Kuscheltiere und
Puppen zu Hause waren und er erzählte, dass
er dort jede Nacht schelmisch und
ausgelassen mit allen
Kinderzimmerbewohnern spielte, ganz egal
wer das war. Dass er mit dem lustigen
kleinen Äffchen, das ein rotes Mascherl am
Kopf trug, vergnügt umher tollte und mit der
kleinen Maus, die auch immer zu kleinen
Späßen aufgelegt war, spielte. Und er
erzählte auch, dass er sich besonders gut mit
dem kleinen rosa Hasen unterhalten konnte.

Und während er so erzählte bemerkte er,
dass alle Plüschkameraden um ihn herum

saßen und ihm genau zuhörten, dass sie bei seinen Erzählungen aufgeregt kicherten, weil sie sich seine lustigen Freunde vorstellten und er sah auch, dass er ja noch immer ein schöner blauer Drache war, ein BLAUER MIT SCHIMMERNDEN GELBEN ZACKEN.

Und so erzählte er den anderen Plüschkameraden seine Geschichte und auch, dass er, wenn er besonders gut aufgelegt war, ganz toll FEUERSPUCKEN konnte. Denn er hatte alles, was ein kleiner Drache dazu braucht. Er hatte eine Zunge, auf die er sein Feuer legen konnte und genug Atem, dieses Feuer auch aus seinem Hals heraus zu blasen. Und wenn er dann Feuer gespuckt hatte und seine Kuschelfreunde damit immer wieder verblüffen konnte, genoss er das angenehme Wackeln seiner Zacken und das Schlagen seiner kleinen Flügel.

UND JETZT WAR ER BESONDERS GUT AUFGELEGT.

Er legte also das Feuer auf die Zunge, holte tief Luft und blies das Feuer aus seinem Hals.

Und während er das angenehme Wackeln
seiner Zacken genoss und das Schlagen
seiner kleinen Flügel spürte, erzählte er seine
Geschichte weiter. Wie er mit dem kleinen
Mädchen in das Ferienlager gekommen ist
und......

Das Würfelchen
oder
Finde deinen eigenen Weg

Es war einmal ein kleines wuscheliges Ding, das alle die es kannten liebevoll „Würfelchen" nannten.

Eigentlich fühlte sich Würfelchen ganz wohl.

Eigentlich.

Das heißt immer dann, wenn keiner versuchte, es auch als Würfelchen zu behandeln.

Es hatte Pünktchen, wie es sich für ein anständiges gelerntes Würfelchen gehört. Genau wie seine Schwester. Genau wie die Mutter. Genau wie….. wie alle Würfel eben.

„Ich habe euch die Möglichkeit gegeben, wunderbare Punkte zu erwerben", sagte sein Vater immer wieder „und jetzt tue deine Pflicht und zeige was du kannst. Leg' dich brav in die Schachtel zu den anderen Würfeln deiner Art, zeige den Spielern die Augenzahl an und meckere nicht über dein Dasein."

Doch irgendwie war Würfelchen nicht recht zufrieden mit dem, was es da tun sollte.

Wenn es sich sehr bemühte, konnte es zwar allen ihren Aufgaben gerecht werden, aber es war anstrengend immer auf eine bestimmte Seite zu fallen, wo es doch immer lieber weitergerollt wäre. Und seine Pünktchen wirkten viel lebendiger und nicht so streng, wenn es seiner Lieblingsbeschäftigung nachging. Denn am liebsten hüpfte es mit den Kindern über die Wiesen und Felder, schlüpfte durch einen Ring, durch ein Netz, und am Boden weiter - oder flog in hohem Bogen einfach von einer Hand in eine andere.

Am meisten hasste Würfelchen es, mit den anderen Würfeln in der Schachtel zu liegen. Erstens war es viel zu groß für die Schachtel, zweitens wurde es immer geneckt, weil seine Punkte sich immer wieder verschoben und außerdem war es nicht so weiß, sondern viel zu bunt, für die anderen Würfel.

All das führte dazu, dass das Würfelchen sehr traurig wurde und sich begann umzusehen, was es für Möglichkeiten gäbe, ein sinnvolles Leben mit dem zu verbinden, was es gerne tat. Es wollte ganz einfach ein kleiner Ball sein - und irgendwie hatte es das Gefühl, dass es schon immer einer war. Punkte hin, Punkte her.

Und eines Tages hörte es, wie sich etwas, das die Menschen „BILD" nannten, das aber lieber am Boden liegen wollte, damit die Menschen darüber gehen könnten, mit einem Bild unterhielt, das gern an der Wand hing. „Du", sagte das Bild, das auf den Boden wollte, „hast Du gehört, dass es Dinge gibt, die sich treffen, jeden als das nehmen, als das er sich fühlt und so gemeinsam einen Weg finden Spaß und Arbeit zu verbinden?" „Nein, ist mir aber auch egal", sagte das andere Bild, „ich bin, was ich bin - und will auch nicht mehr sein." „Du musst dort auch nichts anderes sein - aber vielleicht könnten dann deine Farben wieder leuchten, dein Rahmen glänzen....."

Und als Würfelchen diese Unterhaltung hörte, entschloss es sich, diese Dinge einmal zu besuchen. „Was möchtest Du?", fragte das Hauptding dort. "Ich möchte.... ich glaube, ich bin eigentlich ein kleiner Ball - und möchte auch einer sein.", antwortete Würfelchen, ein bisschen kleinlaut. „Dann sei ein kleiner Ball.", meinte das Hauptding, bot dem Würfelchen an, einige Zeit mit den anderen Dingen zu verbringen und zu sehen, was man alles sein kann.

Einige Jahre war Würfelchen dann mit den Dingen gemeinsam auf einer spaßigen Reise.

Heute weiß es, dass es ein Würfel sein kann, wenn es das will - was selten genug vorkommt. Es kann aber auch eine Zierkugel sein, die auf einem Schreibtisch steht. Was es aber am Besten kann, immer konnte und jetzt auch mit fester Stimme kundtun kann, ist: „Ich bin ein kleiner Ball."